MANUEL

DES SUJETS

DES COMPOSITIONS ÉCRITES

POUR

L'ADMISSION OU L'AVANCEMENT

DANS LA GENDARMERIE

PARIS	LIMOGES
11, *Place Saint-André-des-Arts.*	46, *Nouvelle Route d'Aixe, 46.*

IMPRIMERIE ET LIBRAIRIE MILITAIRES

Henri CHARLES-LAVAUZELLE

Éditeur.

—

1892

MANUEL

DES COMPOSITIONS ÉCRITES

POUR

L'ADMISSION OU L'AVANCEMENT

DANS LA GENDARMERIE

MANUEL

DES SUJETS

DES COMPOSITIONS ÉCRITES

POUR

L'ADMISSION OU L'AVANCEMENT

DANS LA GENDARMERIE

PARIS
11, *Place Saint-André-des-Arts.*

LIMOGES
46, *Nouvelle Route d'Aixe,* 46.

IMPRIMERIE ET LIBRAIRIE MILITAIRES

Henri CHARLES-LAVAUZELLE

Éditeur.

—

1892

AVANT-PROPOS

Il nous a paru utile de donner aux candidats à l'avancement dans la gendarmerie, ainsi qu'aux officiers et sous-officiers des régiments qui sollicitent leur admission dans la gendarmerie, un aperçu des sujets de procès-verbaux et de rapports
fictifs qu'ils peuvent avoir à traiter pour être admis au classe-
ment.

Nous y avons ajouté quelques sujets de décomptes fictifs pour
les candidats aux fonctions de trésorier et d'adjoint au trésorier
dans la gendarmerie.

Si nous avions cru devoir développer chaque sujet, nous
aurions produit un travail qui aurait fait double emploi avec
l'excellent *Guide-formulaire de la gendarmerie dans l'exercice
de ses fonctions de police judiciaire, civile et militaire*, par M.
Meynieux, procureur de la République.

Cet ouvrage contient, en effet, plus de 400 formules de
procès-verbaux et donne sur chaque cas particulier l'application des lois, décrets et règlements en vertu desquels les gendarmes sont appelés à agir.

Notre but n'est pas d'apprendre à rédiger, ou de donner
aux candidats les connaissances techniques ou professionnelles
qui ne s'obstiennent que par la pratique et par l'étude des règlements de l'arme.

Nous nous sommes borné à indiquer, à la suite de quelques
thèmes, les règles à observer, l'écueil à éviter, mettant ainsi
en éveil l'attention des candidats, qui, généralement capables
quant à la rédaction, perdent trop facilement de vue, sous
l'influence d'une émotion bien naturelle, que chaque question
d'un sujet donné présente une difficulté d'application ou
d'interprétation des règlements qui ne doit pas leur échapper,
à défaut de quoi la composition, bonne dans son ensemble, est

défectueuse dans sa partie la plus essentielle : la procédure ; et cela suffit pour qu'un candidat soit évincé, car le but du concours est de juger surtout de l'aptitude technique, plus que de la facilité de rédaction, du style et de l'orthographe, qui sont cependant exigés avant tout des candidats à l'avancement.

On doit observer de rédiger les procès-verbaux et rapports en se donnant le titre et la qualité de l'emploi pour lequel on est proposé. Un gendarme présenté pour le grade de brigadier commence ainsi son procès-verbal :

« Nous, X..., brigadier de gendarmerie à cheval (ou à pied) à la résidence de... »

Le sous-officier proposé pour le grade de sous-lieutenant rédigera son rapport comme s'il était titulaire du grade et de l'emploi de commandant d'arrondissement.

Mêmes recommandations pour les officiers et sous-officiers des corps de troupe qui concourent pour être admis dans la gendarmerie.

On doit éviter avec soin les longueurs de phrases et la répétition des pronoms *qui, que, lequel*. Cette rédaction est diffuse, et, pour éviter cet écueil, il faut s'attacher à faire des phrases courtes. Mieux vaut en faire plusieurs courtes qu'une seule longue.

Nous avons tracé le canevas de quelques sujets de procès-verbaux. C'est ainsi qu'on doit opérer avant de développer une question.

Trop souvent les candidats se mettent à écrire sans but, sans données, sans avoir, au préalable, classé leurs idées avec ordre et tracé les points essentiels des règles à observer. Ils vont de l'avant et au hasard et remplissent deux grandes pages d'une rédaction creuse et sans valeur au point de vue technique.

Nous préconisons donc la méthode du canevas, dont nous donnons quelques exemples. C'est la seule manière de procéder méthodiquement, de repérer la réglementation à observer, d'ordonner les idées, de ne rien oublier et de faire bien.

GENDARMERIE NATIONALE

Cejourd'hui,   mil huit cent quatre-vingt   , à   heures   du   ,

Nous, soussigné

à la résidence de   département de   revêtu de notre uniforme et conformément aux ordres de nos chefs

En foi de quoi, nous avons dressé le présent procès-verbal en   expédition , l'une destinée à   , l'autre à M. le capitaine commandant l'arrondissement, conformément à l'article 495 du décret du 1er mars 1854.

Fait et clos à   , les jour, mois et an que dessus.

Gendarmerie Nationale

—

e CORPS D'ARMÉE.

—

· LÉGION.

—

COMPAGNIE D

—

ARRONDISSEMENT D

—

N°

—

Au sujet de :

A   le   18

Rapport du (1)

commandant (2)

sur

Monsieur le Ministre,

J'ai l'honneur de vous rendre compte que

(1) Indiquer le grade et le nom.
(2) Indiquer le commande-
ment.

Si le rapport est adressé à une autorité militaire quelconque, même au Ministre de la guerre, la signature n'est précédée d'aucune formule de salutation. Pour tout autre ministre, on termine par : « Veuillez agréer, Monsieur le Ministre, l'assurance de mon respectueux dévouement. »
Pour les autres autorités, on se conforme aux formules de salutation indiquées au *Dictionnaire Amade-Corsin*, au mot Correspondance.
A la suite du rapport adressé au chef d'escadron commandant la compagnie ou au colonel chef de la légion, on termine toujours par l'énumération des autorités auxquelles semblable rapport a été adressé.

CANDIDATS

POUR LE GRADE DE BRIGADIER

SUJETS DE PROCÈS-VERBAUX FICTIFS.

Procès-verbal constatant un délit de chasse, en temps prohibé, par un inconnu porteur d'un permis avec signalement et signature paraissant ne pas être les siens.

Etablir l'identité de cet individu en le conduisant devant le maire de la commune dont il se réclame, après lui avoir fait ôter les cartouches ou les capsules de son fusil. S'il refuse de se faire connaître, ou s'il n'a pas de domicile connu, l'arrêter, le désarmer et le fouiller. (Art. 329 et 333 du décret du 1er mars 1854.)

Un brigadier et un gendarme étant de service à la foire de..., reconnaissent qu'un cheval exposé en vente est atteint de la morve.

Indiquer les dispositions prises.

L'animal devra être immédiatement séquestré, séparé et maintenu isolé des autres animaux; un vétérinaire appelé constate l'état morbide et délivre un certificat. Le maire ordonne l'abatage de l'animal. Le procès-verbal est dressé en triple expédition, dont une destinée au préfet, comme pour tous les cas qui peuvent intéresser la sûreté publique ou réclamer une mesure administrative.

Un nommé A... vient apprendre au commandant de la brigade de B... qu'un cadavre se trouve au milieu d'un champ situé auprès de la route de C... à D..., et que tout fait supposer que la mort a été le résultat d'un assassinat.

Indiquer toutes les mesures que doit prendre le commandant de la brigade.

On se conformera, dans ce cas, aux articles 233, 284 et 285 du décret du 1er mars 1854, auquel nous renvoyons.

Un brigadier de gendarmerie est informé qu'un cadavre vient d'être trouvé dans un fossé au bord de l'eau.

Il constate que la mort est le résultat d'un assassinat, et, par suite des renseignements reçus, opère l'arrestation d'un individu.

Le prisonnier s'évade.

L'escorte apprend, pendant la nuit, qu'il s'est réfugié dans une maison habitée.

Application des articles 283, 284 et 285 du décret du 1er mars 1854 pour la première partie du sujet, des articles 276 et 277 pour l'arrestation, de l'article 392 pour l'évasion et des articles 291 et suivants pour la garde à vue de la maison.

Télégraphier au procureur de la République et au commandant d'arrondissement.

Le brigadier A... et le gendarme B..., étant en tournée dans la commune de T..., sont avisés du passage d'un individu à mine suspecte. Ils s'empressent de le rejoindre, l'interpellent sur son identité, apprennent qu'il est sujet belge, sans papiers, et le trouvent nanti de vingt cartouches de dynamite dont il ne peut justifier la provenance.

Faire subir à cet individu un interrogatoire sérieux afin d'acquérir la conviction qu'il est sans ouvrage, en état de vagabondage et que les cartouches de dynamite dont il est porteur ont été détournées dans une intention criminelle. L'arrêter, le fouiller minutieusement et le conduire devant le procureur de la République.

Le procès-verbal est dressé en trois expéditions, dont une destinée au préfet.

Un vol de linge et d'argent est commis, pendant la nuit, avec escalade et effraction, dans une maison habitée. Le malfaiteur, en sortant par une croisée pour se retirer, a laissé des empreintes de pas sur le terrain.

La victime du vol a des soupçons sur le nommé T..., repris de justice, qui a été vu rôdant autour de l'habitation dans le milieu de la journée.

Relever soigneusement les empreintes des pas et tous les indices qui peuvent mettre sur la trace du coupable. Rechercher l'individu soupçonné, examiner ses chaussures, acquérir la certitude qu'elles laissent les mêmes empreintes que celles relevées, l'arrêter, le fouiller, perquisitionner pour découvrir les objets volés, en se faisant accompagner du maire, et conduire le délinquant devant le procureur de la République.

Arrestation d'un individu désigné par la clameur publique comme l'auteur d'un assassinat commis il y a trois mois sur la personne d'un propriétaire de la commune de X...

Rechercher l'individu signalé, l'interroger, acquérir les preuves qu'il est l'auteur de l'assassinat, ou obtenir l'aveu du crime et arrêter le prévenu, après l'avoir fouillé, pour être conduit devant le procureur de la République.

Un brigadier et un gendarme en tournée de communes rencontrent sur leur chemin deux individus inconnus et de mauvaise mine, tous deux sans papiers ni moyens d'existence. L'un d'eux insulte grossièrement le chef de brigade dans l'interrogatoire que celui-ci lui fait subir.

Arrêter ces deux individus pour vagabondage et les conduire devant le procureur de la République. Relater les injures adressées au chef de brigade par l'un deux.

Arrestation d'un individu de nationalité étrangère, signalé déjà comme suspect, surpris dans le voisinage d'un fort cherchant à se dissimuler, et trouvé porteur de papiers, cartes ou plans qui ne laissent pas de doute sur le but de sa mission.

Lire l'instruction très confidentielle sur cet objet, faire subir l'interrogatoire qui y est indiqué.

L'individu arrêté est conduit immédiatement devant le procureur de la République.

Procès-verbal est établi en quatre expéditions ; la première accompagne l'individu arrêté, la seconde est destinée au préfet, la troisième au Ministre de la guerre, la quatrième aux archives de la gendarmerie.

Constater un vol simple, avec flagrant délit.

Les objets volés doivent être saisis pour être déposés au greffe.

L'individu arrêté est conduit immédiatement devant le procureur de la République. (Loi du 20 mai 1863 sur l'instruction des flagrants délits devant les tribunaux correctionnels.)

Constater un délit de chasse suivi de l'arrestation du délinquant.

Application des articles 301, 329 et 333 du décret du 1er mars 1854, 14 et 25 de la loi du 3 mai 1844 sur la police de la chasse.

Il faut donc prévoir le cas d'un chasseur qui fait résistance, qui adresse des menaces à la gendarmerie, qui refuse de se faire connaître lorsque l'exhibition de ses papiers lui est demandée, qui donne un faux nom, qui est masqué ou qui chasse pendant la nuit.

Incendie de la mairie de la résidence. — Mesures prises. — Investigations. — Recherches pour découvrir le ou les coupables. — Arrestations s'il y a lieu.

CANDIDATS

POUR LE GRADE

DE MARÉCHAL DES LOGIS, DE MARÉCHAL DES LOGIS CHEF ET D'ADJUDANT

SUJETS DE PROCÈS-VERBAUX FICTIFS

Les nommés A..., B..., C... viennent prévenir le commandant de la brigade de D... que, sur la route de E... à F.... auprès du bois de G..., une attaque à main armée a eu lieu un peu avant le jour, par quatre malfaiteurs, sur trois personnes voyageant dans une voiture particulière ; une de ces personnes est blessée mortellement et un des malfaiteurs a été tué sur place.

Indiquer toutes les mesures que doit prendre le chef de poste.

Télégraphier au commandant d'arrondissement et au procureur de la République. Toute la brigade se rend sur les lieux. Interroger les voyageurs sur le signalement des malfaiteurs, la direction qu'ils ont prise, fouiller celui qui a été tué afin de découvrir quelque indice utile ; prévenir, au besoin par télégraphe, si possible, les brigades limitrophes. Le chef de brigade se met à la poursuite des malfaiteurs, après avoir laissé deux gendarmes sur le lieu du crime et pris tous les renseignements nécessaires auprès des voyageurs. Le reste, suivant les circonstances. Il peut y avoir rencontre, lutte, arrestation, etc.

Un maréchal des logis et un gendarme, étant en tournée de communes, surprennent deux individus en délit de pêche. Après la constatation d'usage, ils cherchent à établir leur identité, mais, soupçonnant que les délinquants leur donnent un faux nom, ils se rendent dans la commune voisine, où, en l'absence du maire, ils se présentent chez l'instituteur qui déclare connaître ces individus mais n'avoir aucun renseignement à donner à la gendarmerie. Finalement, ils sont injuriés et invités grossièrement à se retirer.

En pareil cas, il faut s'abstenir d'arrêter l'instituteur. On spécifiera qu'un procès-verbal d'injures a été dressé contre lui et une expédition en sera adressée au préfet pour la mesure disciplinaire (changement de poste) dont il peut être frappé, indépendamment des poursuites correctionnelles.

Un sous-officier chef de poste apprend que de fausses pièces d'argent sont fréquemment mises en circulation dans sa circonscription.

Les soupçons se portent sur deux individus.

Il surveille leurs allures. L'un d'eux est pris en flagrant délit d'émission de fausse monnaie.

Il subit un interrogatoire.

Poursuivant ses investigations, le maréchal des logis découvre l'atelier de fabrication servant aux individus soupçonnés.

Saisir les pièces fausses mises en circulation et prendre les noms des personnes à qui elles ont été remises. Arrêter l'individu pris en flagrant délit et le fouiller ; il sera vraisemblablement porteur d'autres pièces semblables à celles déjà saisies.

Arrêter également les complices.

Prévenir télégraphiquement le commandant d'arrondissement et le procureur, qui se transportent sur les lieux et mettent sous scellés le matériel de fabrication et les pièces fausses saisies.

Le maréchal des logis commandant la force publique de la 2ᵉ brigade de cavalerie en campagne reçoit la plainte d'un marchand, qui vient d'être payé avec deux fausses pièces d'un franc par un cantinier du 15ᵉ dragons. Celui-ci, ayant été rejoint, est trouvé en possession de dix pièces fausses semblables aux deux premières.

Cet individu est justiciable du conseil de guerre aux armées. (Art. 127 de l'instruction du 18 avril 1890.)

Se transporter sur les lieux et faire les actes d'information nécessaires. (Art. 131 et 132 de la même instruction.)

Interroger l'inculpé (art. 134) ; saisir les pièces à conviction (art, 136) ; interroger les témoins (art. 137) : arrêter l'individu (art. 135) ; le conduire devant le chef d'état-major de la division dans l'arrondissement de laquelle l'infraction a été commise (art. 133).

Procès-verbal constatant l'attaque par deux malfaiteurs d'un paysan revenant de la foire. Armé d'un bâton, il se défend et les met en fuite après en avoir blessé un à la tête. Il fait sa déclaration à la gendarmerie quelques instants après. Opérations. Arrestation du blessé. Constatations, etc.

Recevoir la déclaration du plaignant, se transporter sur les lieux. Arrêter l'individu blessé, l'interroger pour connaître ses complices, leurs noms, leurs domiciles, la direction qu'ils ont prise et se mettre à leur poursuite, après avoir recueilli tous les renseignements utiles de l'individu qui a attaqué.

Prévenir télégraphiquement le commandant d'arrondissement et le procureur de la République, qui se transportent sur les lieux.

Procès-verbal constatant la découverte d'un cadavre. Arrivée de la gendarmerie. Constatations. — Un bâton, trouvé près de la

victime et portant des traces de sang est reconnu par un habitant comme ayant été vu par lui entre les mains du nommé X...,
d'un village voisin.

Application des articles 283 et suivants du décret du 1er mars 1854.
Rechercher l'individu soupçonné être l'auteur du crime ; l'interroger, vérifier l'emploi de son temps, inspecter soigneusement ses vêtements, ses mains, son visage. qui peuvent porter des traces de la lutte ; lui représenter le bâton et le faire représenter aux personnes qui le lui ont vu entre les mains. Acquérir ainsi la preuve qu'il est l'auteur du crime et l'arrêter. Saisir le bâton.
Prévenir télégraphiquement le commandant d'arrondissement et le procureur de la République, qui se transportent sur les lieux.

Le maréchal des logis X..., commandant la brigade de D..., est informé qu'un assassinat vient d'être commis dans sa résidence. Il se rend immédiatement sur les lieux avec deux de ses hommes et reconnaît que la victime, le sieur P..., marchand épicier, est étendue sans vie dans une des chambres de son domicile et qu'elle porte plusieurs blessures à la tête, produites par un instrument tranchant et contondant, qui a été abandonné par le meurtrier sur le théâtre du crime. Il constate, en outre, qu'une armoire et une commode ont été forcées et le contenu répandu en désordre sur le plancher.

Application des articles 283 et suivants du décret du 1er mars 1854. — Indiquer les blessures, leur nombre, leur gravité, l'instrument qui a pu les produire. Le vol paraissant être le mobile du crime, s'enquérir si une somme d'argent a été dérobée, sa composition ; rechercher sur qui pèsent les soupçons et tout ce qui peut amener la découverte de l'auteur du crime. Le commandant d'arrondissement et le procureur de la République, prévenus télégraphiquement, se sont rendus sur les lieux.

Un maréchal des logis et un gendarme transfèrent, par voie de terre, deux prisonniers dangereux. Ils sont prévenus en chemin qu'un incendie considérable, attribué à la malveillance, s'est déclaré dans une commune peu éloignée de leur route.
Quel parti prendra le chef d'escorte ?

Se rendre sur les lieux de l'incendie avec les prisonniers. Ceux-ci, bien enchaînés, seront enfermés dans un lieu sûr, violon municipal, cave, etc., sous la garde du gendarme d'escorte.
Le chef de brigade télégraphie à la brigade voisine pour demander deux gendarmes sur le lieu du sinistre ; à défaut de télégraphe, il fait prévenir par un exprès.
En attendant leur arrivée, il recherche les causes de l'incendie et l'auteur présumé.
Les gendarmes étant arrivés, le chef de brigade leur donne les instructions pour continuer l'enquête et la recherche des malfaiteurs, et il continue l'escorte.

Arrestation d'un déserteur porteur de ses effets militaires.

Etant de service, rencontre d'un individu en tenue militaire assez négligée. Demande de sa permission ou feuille de route. Aveu du déserteur. Son interrogatoire suivant le formulaire en usage. Il importe surtout de préciser s'il déclare avoir emporté des effets et des armes et ce qu'il en a fait. Lui demander l'emploi de son temps. Faire application des articles 338 et 339 du décret du 1er mars 1854.

Un colporteur, parcourant le pays depuis plusieurs jours, est signalé à la gendarmerie comme suspect d'espionnage, en raison de ses allures.

Il est adroitement surveillé et est surpris un matin, au lever du jour, prenant le croquis d'un ouvrage militaire.

Une instruction très confidentielle indique l'interrogatoire à faire subir en pareil cas à l'individu convaincu du crime d'espionnage. Il est conduit immédiatement devant le procureur de la République.

Le procès-verbal est établi en quatre expéditions : la première accompagne l'individu arrêté, la seconde est destinée au préfet, la troisième au Ministre de la guerre, la quatrième aux archives de la gendarmerie.

En passant près d'un parc clos et attenant à une maison d'habitation, le chef de brigade aperçoit des engins prohibés destinés à prendre des petits oiseaux.

Que fait la gendarmerie?

On admet que l'entrée lui est refusée pour s'assurer de l'authenticité des engins. Quelles mesures prend-elle? De quelle façon constate-t-elle le délit et en fait-elle la preuve?

[Voir le *Recueil de jurisprudence*, du capitaine Corsin, au mot « Chasse ».]

CANDIDATS

SUJETS DE PROCÈS-VERBAUX FICTIFS

Procès-verbal constatant une tentative d'assassinat sur la personne du procureur de la République, qui se rendait à... pour y constater un assassinat. L'officier, qui avait déjà commencé l'enquête et qui recherchait les coupables du premier crime, prend les mesures nécessaires pour faire continuer les poursuites et se rend sur les lieux pour constater le deuxième crime. Les auteurs, au nombre de quatre, sont arrêtés; l'officier les interroge et leur fait avouer leurs crimes, car ce sont les mêmes individus qui, après avoir commis le premier assassinat, ont tenté de tuer le procureur de la République.

Procès-verbal constatant une attaque à main armée dirigée contre la brigade de..., qui conduisait deux prisonniers au point de rencontre. Un gendarme tue un des agresseurs; les autres prennent la fuite. Arrivée du commandant d'arrondissement, qui fait rechercher et arrêter deux individus qui ont pris part à l'attaque et qui dénoncent leurs complices.

Le commandant d'arrondissement est prévenu que, deux maisons plus loin que la gendarmerie où il habite, un assassinat vient d'être commis : un mari a tué sa femme. Il s'y rend et opère comme officier de police judiciaire.

Donner le détail de toutes les opérations, le parquet ne s'étant pas présenté.

Le lieutenant **A**... en tournée de revision, se promène seul avec le préfet dans la commune de K... Un individu (ancien instituteur révoqué) les aborde, injurie et menace le préfet.

Procès-verbal constatant l'attaque à main armée d'une voiture publique. L'officier, prévenu par télégramme, se rend sur les lieux avec la brigade à cheval de la résidence. Après renseignements, il se met à la poursuite de deux malfaiteurs qu'il atteint. Résistance de ces derniers. Un gendarme est blessé d'un coup de feu, un malfaiteur tué; arrestation de l'autre. Retour sur le lieu du crime. Confrontation avec le conducteur et un voyageur. Déclarations de ces derniers. Arrivée du procureur.

Un commandant d'arrondissement est informé qu'un viol, suivi d'une tentative d'assassinat, a été commis dans la commune de...., sur la personne d'une jeune fille âgée de 15 ans. L'auteur de ce double crime est inconnu. L'officier se rend sur les lieux et commence, dès son arrivée, une instruction judiciaire. Des soupçons planent sur un individu qui a été vu rôdant dans la commune.

Recherche et arrestation de cet individu.

SUJETS DE RAPPORTS FICTIFS

Procès-verbal constatant la démolition des appareils télégraphiques du bureau de... La brigade de cette localité, impuissante à disperser une émeute occasionnée par une élévation des droits des bestiaux amenés sur le marché de..., est obligée d'envoyer une estafette pour demander du renfort, les émeutiers ayant brisé l'appareil télégraphique.

Mesures prises par le commandant d'arrondissement, qui se rend sur les lieux et, après beaucoup de difficultés, disperse les manifestants.

Arrestation de deux meneurs.

Procès-verbal constatant le pillage de la caisse du percepteur de... par deux individus qui ont été aperçus par deux gendarmes en tournée de communes au moment où ils prenaient la fuite. Le commandant d'arrondissement, qui s'est rendu sur les lieux, commence une enquête et fait rechercher les malfaiteurs qui sont arrêtés et ramenés sur les lieux.

Procès-verbal constatant un incendie dû à la malveillance.

Le commandant d'arrondissement, prévenu par télégramme, se rend sur les lieux et, après avoir fait une enquête minutieuse, parvient à découvrir l'auteur de l'incendie, qu'il fait arrêter. Le procureur arrive sur les lieux, continue l'information et fait conduire l'inculpé à la maison d'arrêt.

———

Procès-verbal constatant un vol de nuit avec effraction, commis par deux malfaiteurs. Les domestiques, ayant entendu du bruit, ont appelé et en même temps donné l'éveil aux malfaiteurs, qui ont pris la fuite. Le commandant d'arrondissement, qui a été prévenu, se rend sur les lieux, fait rechercher les malfaiteurs qui sont arrêtés par une brigade voisine. Le procureur arrive sur les lieux, interroge les prévenus qui ont été amenés à l'endroit du crime, et ordonne leur arrestation.

———

Deux malfaiteurs évadés de la prison de X..., depuis longtemps recherchés sans succès dans l'arrondissement, peuvent enfin être arrêtés par la brigade de....

Cette importante capture n'a été opérée qu'après une opiniâtre résistance et au prix de réels dangers. Un gendarme a même été légèrement blessé d'un coup de feu.

Le commandant de l'arrondisssement se transporte sur les lieux et fait une enquête circonstanciée sur les mesures prises pour découvrir et cerner les malfaiteurs et sur les péripéties de la lutte.

Rendre compte au commandant de la compagnie, en faisant la part de chacun dans cette belle opération.

———

Quatre forçats se sont échappés de la prison de M...; ils ont pris le soin de couper les fils télégraphiques, ont pillé à S... la caisse du percepteur et se sont dispersés dans la campagne.

———

Rapport sur la découverte du cadavre d'un inconnu dans une forêt.

Indices. — Déclarations d'habitants faisant supposer que l'auteur du crime a pris le train de... à la gare voisine de... Son signalement est donné.

Une manifestation dans le but de renverser l'autorité municipale a lieu dans un chef-lieu de canton. Un rassemblement considérable menace la mairie. Plusieurs individus, dans ce rassemblement, sont armés. Le maire fait fermer les portes de la mairie.

Prévenu de cette manifestation, le commandant d'arrondissement se rend sur les lieux avec plusieurs brigades et parvient à dissiper l'attroupement.

Des arrestations sont opérées.

Rapport sur la découverte d'un cadavre trouvé la nuit dans une forêt. Indices et recherches faisant présumer qu'il y a eu assassinat. Mesures prises pour rechercher le coupable.

Rapport sur un incendie dont les causes sont restées inconnues. La gendarmerie arrive sur les lieux, organise les secours, et un gendarme sauve au péril de sa vie une jeune femme malade qui était restée dans son lit.

Rapport sur la découverte de faux-monnayeurs. Le commandant d'arrondissement assiste le procureur de la République pendant la perquisition qui a lieu au domicile des inculpés. Il en rend compte.

Rapport sur l'arrestation de deux espions au moment où ils prenaient les plans des ponts du chemin de fer de... Ces deux individus sont trouvés porteurs de notes qui ne laissent aucun doute sur leur culpabilité.

Rapport sur une tentative d'empoisonnement par une femme sur la personne de son mari. Les soins aussitôt prodigués à la victime la mettent hors de danger.

CANDIDATS

POUR LES FONCTIONS D'ADJOINT AU TRÉSORIER

SUJETS DE DÉCOMPTES FICTIFS

Labeur (Jean), jeune soldat de la classe de 1881.

Incorporé au 3ᵉ régiment d'artillerie à compter du 25 octobre 1882, comme appelé de la classe de 1881.

Arrivé au corps le 28 dudit.

Parti en congé en attendant son passage dans la réserve de l'armée active le 3 septembre 1886.

Etait libérable du service actif le 30 juin 1887.

A accompli une période d'instruction du 1ᵉʳ au 28 août 1889.

Nommé gendarme à la compagnie de... par décision ministérielle du 15 octobre 1891. En solde du 25 dudit.

1º Indiquer les différentes dates d'entrée en jouissance de la première, de la deuxième et de la troisième haute paye.

2º Ce militaire, qui avait fait sa demande d'admission dans la gendarmerie le 13 juillet 1891, a-t-il droit à l'allocation d'une première mise et quel est le taux de la première mise pour l'arme à cheval ?

3º Indiquer combien il compte de services effectifs dans l'armée et dans la gendarmerie au 31 décembre 1892.

Réponses.

1º A la 1ʳᵉ haute paye le 25 octobre 1891.
   — 2ᵉ   —   —   15 octobre 1892.
   — 3ᵉ   —   —   15 octobre 1897.
2º N'a pas droit à l'allocation de la première mise, dont le taux, pour l'arme à cheval, est de 850 fr.
3º Services effectifs dans un régiment : 4 ans 8 mois 6 jours.
   —   —   la gendarmerie : 1 — 2 — 16 —
Au 31 décembre 1892.................... 5 — 10 — 22 —

X..., maréchal des logis à L..., a droit à la haute paye de 0 fr. 70. Nommé sous-lieutenant à la compagnie de la Guadeloupe par décret du 2 juin, notifié le 17 dudit, rayé des contrôles de la compagnie le 18 juin. Embarqué à Saint-Nazaire le 26 dudit.

Son cheval a été vendu le 22 juin.

Indiquer les allocations qui devront figurer sur les feuilles de journées (officiers et troupe).

Faire connaître par grade les allocations dues au lieutenant-trésorier de Dijon pendant le premier trimestre.

Promu capitaine par décret du 10 janvier et désigné pour occuper un emploi de son nouveau grade en Algérie. Parti le 15 janvier pour rejoindre son nouveau poste. A obtenu de M. le général commandant le 15ᵉ corps d'armée une permission de quinze jours, avec solde de présence, en sus des délais de route et de to lérance. Embarqué le 2 février et débarqué le 4 dudit.

M. X..., lieutenant commandant l'arrondissement de gendarmerie à V...

Parti le 21 janvier 1892 en permission de trente jours avec solde de présence pour en jouir à Orléans.

Entré à l'hôpital de cette ville le 4 février.

Promu capitaine à la compagnie de la Manche par décret du 26 février. Sorti de l'hôpital le 10 avril et parti ledit jour en congé de convalescence d'un mois avec solde de présence. Arrivé à son poste à Saint-Lô le 22 avril.

Décompter par compagnie, par trimestre et par grade, le nombre de journées de solde de présence et d'absence.

M. X..., lieutenant au 3ᵉ régiment d'infanterie, est nommé lieutenant commandant l'arrondissement de gendarmerie de... par décision ministérielle du 25 décembre 18... Parti le 30 décembre, arrivé à sa résidence le 2 janvier. Monté le 2 février.

Faire connaître les allocations en deniers et en nature revenant à cet officier jusqu'au 1ᵉʳ avril 18...

X..., maréchal des logis à la compagnie de..., nommé sous-lieutenant commandant l'arrondissement de... par décision ministérielle du 11 janvier 18..., rayé des contrôles de la compagnie le 1ᵉʳ février.

Son cheval a été repris par la compagnie au prix de 950 francs le 26 janvier.

Faire ressortir les allocations qui lui sont dues jusqu'à l'époque de sa radiation.

X..., nommé gendarme à cheval par décision ministérielle du 15 septembre 18... à la compagnie du Cher. Parti de Sancerre le 1ᵉʳ octobre, arrivé à Bourges ledit jour. Monté le 5 octobre. Entré à l'hôpital le 9 dudit, sorti le 25 du même mois et parti ledit jour en congé de convalescence de deux mois avec solde de présence. Rentré le 9 décembre.

Faire connaître les allocations en deniers et en nature qui lui sont dues.

CANDIDATS

POUR LES FONCTIONS DE TRÉSORIER

SUJETS DE DÉCOMPTES FICTIFS

Moreau (Adrien), gendarme à cheval à Angers (A droit à la première haute paye.)

Entré à l'hopital d'Angers le 1er avril 18.., sorti le 15, et parti ledlt jour en congé de convalescence de trois mois dont deux avec solde de présenre pour en jouir à Saumur. Entré à l'hôpital de cette place le 10 juin, sorti le 25, et rentré à son poste le 27.

Son cheval est mort à l'écurie le 6 juin.

Déterminer les allocations auxquelles il a droit pendant le 2e trimestre.

	En congé.	A l'hôpital.	Présence	A l'hôpital étant en congé.
Du 1er au 14 avril.....................	»	14	»	»
Du 15 avril au 9 juin inclus.............	»	»	55	»
Du 10 au 14 juin inclus.................	»	5	»	»
Du 15 au 24 juin inclus.................	»	»	»	10
Du 25 au 27 juin inclus.................	3	»	»	»
Du 28 au 30 juin inclus.................	»	»	3	»
Totaux......	3	19	58	10

Plus, 91 journées de haute paye à 0 fr. 30 et 68 rations de fourrage.

M. Lacour, lieutenant-trésorier de gendarmerie à Carcassonne (Aude), promu capitaine commandant d'arrondissement à Blidah (Algérie) par décret du 10 janvier 18.., parti le 26 pour rejoindre son nouveau poste. (Etait logé aux frais du département.) A obtenu de M. le général commandant le 16⁰ corps d'armée une permission de quinze jours avec solde de présence. A obtenu de M. le général commandant le 15⁰ corps d'armée une prolongation de quatre jours pour être rendu à Marseille le 18 février, veille de l'embarquement.

Embarqué à Marseille le 19 février, débarqué à Alger le 21 dudit (matin) et entré le même jour à l'hôpital de cette place; sorti de l'hôpital le 11 mars et arrivé à son poste à Blida le 13 dudit (n'avait qu'une journée de route de Carcassonne au port d'embarquement). Logé à Blidah aux frais du département.

Remonté le 16 mars, son cheval est mort à l'écurie le 30 dudit.

Décompter les allocations auxquelles a droit cet officier pendant le 1ᵉʳ trimestre.

M. X..., sous-lieutenant à la compagnie de gendarmerie du Var, en traitement du 5 mai, à l'hôpital militaire de Toulon, pour blessures reçues à l'ennemi. Promu lieutenant à la compagnie du Rhône, par décret du 15 mai, pour prendre rang à la date du 2 juin, a obtenu un congé d'un mois pour aller faire usage des eaux de Vichy. Sorti de l'hôpital le 8 juin et parti ledit jour pour se rendre à Vichy (deux jours de route), a, suivant certificat du médecin, fait usage des eaux du 14 au 28 juin inclus. Rentré à son poste, à Lyon le 7 juillet (un jour de route).

Etablir les droits de cet officier à la solde pour la période du 5 mai au 7 juillet inclus.

M..., capitaine commandant l'arrondissement de..., nommé chef d'escadron à la compagnie de..., par décision ministérielle du 25 juin 18... Parti le 1ᵉʳ juillet, arrivé à son poste le 3 dudit. S'est remonté par abonnement le 1ᵉʳ août (n'a qu'un cheval).

Entré à l'hôpital le 4 août, sorti le 29 dudit. Démonté le 4 septembre, son cheval mort à l'écurie. Remonté dans le commerce le 11 dudit.

Faire connaître les allocations revenant à cet officier pendant le 3⁰ trimestre.

X..., capitaine au 43⁰ régiment d'infanterie, en garnison à Lille. Nommé, par décision ministérielle du 16 juillet 18..., capitaine commandant l'arrondissement de Mirande. Parti de Lille le 1ᵉʳ août, s'est remonté le 14 août au 10⁰ dragons à Montauban. Détaché à la force publique de la 31⁰ division d'infanterie aux manœuvres. Parti de Mirande le 3 août; rentré à son poste le 20 septembre.

Logé dans un bâtiment non meublé du département du 2 août au 31 décembrs 18...

Faire connaître pour les 3e et 4e trimestres les allocations en deniers et en nature revenant à cet officier.

Paris et Limoges. — Imprimerie militaire Henri CHARLES-LAVAUZELLE.

INDEX

DES OUVRAGES A CONSULTER

par les Candidats proposés pour entrer dans la Gendarmerie

OU POUR L'AVANCEMENT DANS CETTE ARME

Tous ces Ouvrages sont publiés par la Librairie militaire Henri CHARLES-LAVAUZELLE, 11, place St-André-des-Arts, Paris.

Instruction ministérielle du 18 avril 1890 sur le service prévôtal de la gendarmerie aux armées (5ᵉ édition, à jour jusqu'en mai 1892 et annotée par un officier de l'arme). — Vol. in-8º de 168 pages, br... 1 30
    Cartonné.. 1 75

RECRUTEMENT DE L'ARMÉE. Loi militaire du 15 juillet 1889 par demandes et réponses, à l'usage des sous-officiers, brigadiers et gendarmes ; les tableaux A, B, C développés conformément à la note ministérielle du 20 mars 1891. — Volume in-32 de 100 pages, cartonné.... » 60

Manuel du gendarme pour servir à la rédaction des procès-verbaux, indispensable à tous les sous-officiers, brigadiers et gendarmes soucieux de bien remplir leur mission (11ᵉ édition). — Volume in-32 de 96 pages, relié toile anglaise.. » 80

Modèles d'analyses de procès-verbaux, pouvant s'appliquer à tous les cas qui se rencontrent dans le service de la gendarmerie (3ᵉ édition, revue, corrigée et augmentée). — Fascicule in-32 de 20 pages...... » 30

Secrétaire des sous-officiers, brigadiers et gendarmes. — Volume in-8º de 104 pages, broché... 1 25

Programme des examens à subir par les officiers et sous-officiers de l'armée pour **entrer dans la gendarmerie,** ainsi que par les sous-officiers de cette arme présentés pour le **grade de sous-lieutenant** (3ᵉ édition). — Brochure in-32 de 24 pages.................................. » 50

Loi du 3 mai 1844 sur la police de la chasse, modifiée par la loi du 22 janvier 1874, annotée et commentée par M. BERTRAND, procureur de la République (4ᵉ édition). — Fascicule in-32 de 32 pages............. » 30

Lois sur la pêche fluviale, annotées et commentées par M. BERTRAND, procureur de la République, et complétées par le décret du 27 décembre 1889 (6ᵉ édition). — Brochure in-32 de 64 pages................... » 50

Loi sur la police du roulage et des messageries publiques, commentée et annotée par M. BERTRAND, procureur de la République (4ᵉ édition). — Brochure in-32 de 48 pages... » 30

Décret du 3 novembre 1855 sur la police du roulage et des messageries publiques en Algérie, suivi d'un arrêté ministériel daté du même jour, annotés et commentés. — Brochure in-32 de 52 pages........ » 40

Loi du 18 avril 1886 sur l'espionnage. En placard................ » 15

Lois, décrets, circulaires réglementant la fabrication, l'emploi et le transport de la dynamite et du coton-poudre. — Br. in-8º de 84 pages... 1 »

Nouveaux Codes français et lois usuelles civiles et militaires. Recueil spécialement destiné à l'armée (10ᵉ mille). — Volume in-32 de 1166 pages, relié toile anglaise... 5 »

Sommaire des matières contenues dans les Codes français.

1ʳᵉ Partie. — DROIT PUBLIC ET ADMINISTRATIF. — Loi relative à l'organisation des pouvoirs publics. — Loi relative aux attributions du Sénat. — Loi sur les rapports des pouvoirs publics. — Loi sur les élections des sénateurs. — Autre loi sur les mêmes élections. — Loi sur les élections des députés. — Loi établissant le scrutin de liste. — Loi établissant le scrutin uninominal. — Loi sur les candidatures multiples. — Loi sur la constitution du Sénat en haute cour de justice. — Loi relative au siège des pouvoirs de l'État. — Loi relative aux conseils généraux. — Rôle éventuel des conseils généraux. — Organisation des conseils d'arrondissement. — Attributions de ces conseils. — Loi municipale. — Conseil d'État, organisation. — Conseil de préfecture, organisation. — Conseil de préfecture, compétence. — Cultes. — Expropriation pour cause d'utilité publique. — Instruction gratuite. — Instruction obligatoire. — Presse. — Réunions.

2ᵉ Partie. — CODE CIVIL. — *Livre* I. Des personnes. — *Livre* II. Des biens et des différentes modifications de la propriété. — *Livre* III. Des différentes manières dont on acquiert la propriété. CODE DE PROCÉDURE CIVILE. — 1ʳᵉ PARTIE : *Livre* I. De la justice de paix. — *Livre* II. Des tribunaux inférieurs. — *Livre* III. Des cours d'appel. — *Livre* IV. Des voies extraordinaires pour attaquer les jugements. — *Livre* V. De l'exécution des jugements.
2ᵉ PARTIE . *Livre* I. Procédures diverses. — *Livre* II. Procédures relatives à l'ouverture d'une succession. — *Livre* III. Des arbitrages.
CODE DE COMMERCE. — *Livre* I. Du commerce en général. — *Livre* II. Des faillites et banqueroutes. LOIS CIVILES USUELLES. — Aliénés. — Assistance judiciaire. — Conditions des étrangers résidant en France. — Justices de paix. — Mariage des indigents. — Législation des faillites, liquidation judiciaire. — Transcription. — Vices rédhibitoires.

3ᵉ Partie. — CODE D'INSTRUCTION CRIMINELLE — Dispositions préliminaires. — *Livre* I. De la police judiciaire et des officiers qui l'exercent. — *Livre* II. De la justice. CODE PÉNAL. — Dispositions préliminaires. — *Livre* I. Des peines et de leurs effets. — *Livre* II.

Des personnes punissables, excusables ou responsables pour crimes ou délits. — *Livre* III. Des crimes, des délits et de leur punition. — *Livre* IV. Contraventions de police et peines.

CODE FORESTIER. — Police et conservation des bois et forêts. — Poursuites. — Peines et condamnations. — Exécution des jugements. — Défrichement des bois des particuliers.

LOIS DIVERSES. — Attroupements. — Chasse (Loi du 3 mai 1844). — Chasse (ordonnance du 5 mai 1845). — Chemins de fer (contraventions). — Contrainte par corps. — Cours d'assises (audiences des). — Crieurs et chanteurs sur la voie publique. — Crimes commis dans les prisons. — Débits de boissons, cafés et cabarets. — Élections (police des). — Flagrants délits. — Fraudes commerciales. — Ivresse publique. — Liberté individuelle (garantie de la). — Loteries prohibées. — Mauvais traitements exercés sur les animaux. — Obligations de police de certains commerçants. — Outrage aux mœurs. — Pêche (loi du 15 avril 1829). — Pêche (loi du 31 mai 1865). — Pêche (décret du 10 août 1875). — Pêche (décret du 20 novembre 1875). -- Police rurale. — Police sanitaire des animaux. — Récidivistes. — Récidive (moyens de prévenir la). — Roulage. — Séjour des étrangers en France (interdiction). — Timbres-poste ayant déjà servi. — Travaux forcés (exécution des). — Violences légères. — Interdiction du droit de voie.

4ᵉ Partie — CODE DE JUSTICE MILITAIRE. — *Livre* I. De l'organisation des tribunaux militaires. — *Livre* II. De la compétence. — *Livre* III. De la procédure. — *Livre* IV. Des crimes, des délits et des peines. — Loi du 18 mai 1875.

LOIS MILITAIRES USUELLES. — Amnistie (déserteurs et insoumis) — Aumônerie militaire. — École supérieure de guerre. — Condamnés à la relégation. — Engagements volontaires (dispenses de l'obligation de savoir lire et écrire). — En état de siège. — Espionnage. — Exécutions militaires — Liberté des funérailles. — Gendarmerie (organisation et service). — Mariage des militaires. — Mariage des officiers. — Obligations des hommes à la disposition du Ministre de la guerre. — Officiers de réserve et territoriaux (état des). — Organisation générale de l'armée. — Patentes (cantiniers).

Pensions militaires : Retenues (11 janvier 1808) ; veuves d'officiers et assimilés (10 avril 1869 et 29 mai 1875) ; réforme (19 mai 1834) ; cumul (1ᵉʳ juin 1878) ; veuves et orphelins (20 juin 1878) ; officiers de l'armée de terre (20 juin 1878) ; réforme (17 août 1879) ; sous-officiers et soldats (18 août 1879) ; rengagement des sous-officiers (18 mars 1889) ; anciens militaires et leurs veuves (18 août 1881).

Préséances. — Punition (droit de) sur les réservistes et territoriaux. — Recrutement de l'armée (15 juillet 1889). — Réquisitions militaires (3 juillet 1877). — Réquisitions militaires (18 décembre 1878).

Recueil de la jurisprudence à l'usage de la gendarmerie, par E. COR-SIN, capitaine de gendarmerie. — Volume in-8º de 400 pages, relié toile anglaise .... 6 »

La doctrine à côté de la loi dont elle est la compagne inséparable et sans laquelle les gendarmes ne pourraient se guider dans l'accomplissement de leurs attributions si nombreuses et si variées. Cet ouvrage pourrait aussi être intitulé : *Recueil des solutions.*

Dictionnaire des connaissances générales utiles à la gendarmerie, par L. AMADE, chef de la 19ᵉ légion, et, pour la partie administrative, par E. CORSIN, capitaine de gendarmerie (7ᵉ édition). — Fort volume in-8º de 830 pages, broché .... 5 »
Relié toile anglaise .... 6 »

Véritable encyclopédie qui résume toutes les notions intéressant la gendarmerie et renferme les connaissances indispensables à des hommes désireux d'être toujours à hauteur de leur mission délicate et difficile.

Dictionnaire du gendarme. Instruction, service, devoirs, obligations, droits, intérêts personnels et de famille. — Volume in-32 de 216 pages, relié toile 1 50

Guide formulaire de la gendarmerie dans l'exercice de ses fonctions de police judiciaire, civile et militaire, contenant plus de 400 formules de procès-verbaux appropriés à toutes les circonstances et répondant à tous les besoins, par Étienne MEYNIEUX, docteur en droit, procureur de la République à Limoges (7ᶜ mille). — Volume in-8º de 540 pages, relié toile .... 6 »

Le Catalogue général est envoyé franco à toute personne qui en fait la demande.

www.ingramcontent.com/pod-product-compliance
Lightning Source LLC
LaVergne TN
LVHW020451060726
842525LV00005B/1645